Erika Beltle
Auf hellen Wegen

ROSEN-BIBLIOTHEK
Band 20

Erika Beltle

Auf hellen Wegen

Gedichte

Rosen Bibliothek

ISBN 3-8251-7720-3

Erschienen 2003 in der Rosen-Bibliothek
imVerlag Urachhaus Stuttgart

Umschlaggestaltung: U. Weismann unter Verwendung
des Bildes »Azaleen, Primeln, Krokus und Veilchen«
von William Hammer © Artothek, Weilheim
Gesamtherstellung: Freiburger Graphische Betriebe, Freiburg

Was der Poet sich wünscht

Gib bei Versen nicht dem Sinn
einzig und allein dich hin,
er bleibt Prosa, dürr und nackt.
Schaue an, wie er verpackt,
fühl' den Klang, die Melodie.
Erst im Kleid der Phantasie
wird aus Worten Poesie.

Fluss der Tage

Well' auf Welle
ziehn an uns vorüber
Tag um Tage,
Berggewässern gleich.

Alle raunen sie
in tausend Klängen,
murmeln, flüstern,
brausen in Gesängen,
sonnenhell und kühl
und rätselreich.

Alle strömen sie
seit Ewigkeiten
unablässig
von den Gipfeln her,

und wir trinken Glück
und Traurigkeiten
aus dem fließenden Vorübergleiten
ihrer steten Wanderung
zum Meer …

Unterwegs auf der Fahrt
ein Gesprächsbeginn.
Zwischen zwei Fremden
gehn hin und her
Worte von brennenden Fragen schwer.
Fragen: Wer bin ich?
Antwort: Du bist!
Frage: Wer bist du?
Ich bin.
Glitzernd zwei Sterne
von Ich zu Ich
eine kurze Zeitspanne hin.
Ende der Fahrt.
Bedauernd ein Wort.
Wehmut.
Doch jeder für sich
trägt aus verzauberter Gegenwart
heimlich ein Glück
mit sich fort.

Wie wenig weiß ich doch
von dir, dem Stillen,
der nahe meiner eignen Tür
gewohnt.
Ich sah dich tätig,
froh mit starkem Willen,
von Sturm und Wetterstürzen
unverschont.

Wir gingen gern zusammen
eine Strecke
und tauschten Worte,
die das Herz berührten,
doch immer stärker zogen
Schicksalsorte,
die uns getrennt
zu andern Zielen führten.

Oft war ich, fremde Seele,
ganz die deine,
wenn Geist dem Geist
sich einte voll Entzücken.
Doch eines Tags
versanken Weg und Brücken
und jeder war auf seinem Pfad
alleine.

Jugendliebe

Heut lässt ein Drängen
lang mich deiner denken
und nach den Briefen,
den vergilbten, greifen,
die liebend deine Hand
an mich geschrieben,
als noch der Frühling
in der Brust gesungen.

Ein ganzes Leben
ist seitdem verklungen.
Es ließ in Glück und Leid
die Saaten reifen
und konnte doch
dem zarten Schmetterling
der Liebe nicht das Gold
vom Flügel streifen.

Als Kämpfer bist du
in der Schlacht geblieben.
Dein Leben schien
mit diesem Tod besiegelt,
doch ist gewiss,
ein ferner Tag entriegelt
das Tor zu neuem
auferstandnen Lieben.

Der Kranke

Draußen Nässe.
Nebel um die Mauern.
Schwarze Zweige,
starrend in den Himmel.
Um die Dinge
regungslose Leere.

Gleiche Schwere
müdet seine Glieder,
die des Sonnenlebens
Süße missen,
die des alten Leibes
Lasten fühlen,
den das Dasein
unbemerkt zerschlissen.

Draußen Nässe.
Nebel um die Mauern –
doch sein Geist
lässt sich die Sicht nicht trüben,
lang gewohnt,
in Strenge Zucht zu üben,
fand er Mut,
die Not zu überdauern.

Genesung

Leise lockert sich wieder
die Starre des Leibes,
die lange der Seele Gefieder
mit Fesseln umgürtet.
Lieblich umweht sie
der Lenzhauch erwachenden Lebens
und mählich hebt Leichte
erlösend die Flügel
ins Licht.

Ich zürnte lang

Du strebtest, über ihn
dich zu erheben,
du täuschtest,
eigne Ehre zu erreichen.
Ich zürnte lang,
doch heute weiß ich eben:
Der Tod lässt uns
gewecktes Leid erleben,
bis wir gesonnen,
Schulden auszugleichen.
Dann trägt der neue Lebensplan
ein Zeichen.
Ich kann, was du gefehlt,
getrost vergeben!

Zwischen zwei Menschen,
die sich begegnen,
will etwas keimen,
will eine lange
vergessene Strophe
des Lebens sich reimen,
um Kunstwerk zu werden.

Wir wandeln auf Erden,
dass Neues erstehe
aus Freiheit und Liebe
im Gang der Äonen
und einmal in unsern
Gestaltungen gerne
die Göttlichen wohnen.

Kleines Liebesgedicht

In Himmelsfarben malend
möcht' ich sagen,
was niemals wirklich
auszusprechen ist:
wie über allen meinen Lebenstagen
nur immer du allein
die Sonne bist.

In jedem Glück,
in jedem Kampf und Streite
gabst du mir Starkmut
und das rechte Wort.
In deiner Güte,
deiner lichten Weite
weiß ich mich herzgeborgen
fort und fort.

In Himmelsfarben malend
möcht' ich sagen,
was niemals wirklich
auszusprechen ist:
wie über allen meinen Lebenstagen
nur immer du allein die Sonne bist …

Ihr meines Lebens Gefährten,
alle im Herzen mir nah:
Nie wollt' ich euch
mich verweigern,
ob ich in Schmerzen,
ob ich in Freude euch sah.
Immer nur wollt' ich
euch steigern,
was auch geschah.

Erkenntnisgrenze – erweiterungsfähig

Im Wortetausch,
wähnt man partout,
ergründe leicht sich
Ich und Du.

Doch trügt der Blick
zuweilen sehr.
Denn: Geist zu schauen,
fällt uns schwer.

Allein er bleibt
in Raum und Zeit
des Wesens Kern
in Ewigkeit,

und ob Erkenntnis
ihn erreicht,
bestimmt, wie viel von uns
ihm gleicht.

Blaumeise mit gebrochener Schwinge

Wie bist du, Vöglein,
so behut geworden
inmitten derer,
die das Haus umfliegen,
die mit dir stets den Kampf,
die Lust geteilt!
Mein Blick ist oft
und oft zu dir geeilt
in bangem Hoffen:
Wird das Leben siegen?

Du brachst die Schwinge,
ach, du littest sehr.
Wie wurde dir,
du lüfteleichtes Wesen,
mit einemmal
der Leib so erdenschwer.

Gern hast du von mir
Nahrung angenommen,
hast aufwärts hüpfend
dann dein Nest erklommen,
um weiter deine junge Brut
zu nähren.
Lang sah ich
deine harte Mühsal währen,
und während die Gefährten eilig flitzen,
sah ich verborgen dich
oft reglos sitzen –
bis dir zuletzt
nach schmerzensreichen Tagen
es doch gelang,
erneut den Flug zu wagen …

Uns Menschen hilft im Leid
ein andres Ich,
so musst' ich mir
bei deinem Anblick sagen,
wer aber tröstet,
kleines Vöglein, dich?

Leben

Am grünen Blatt
ein Feuerfunkentropfen,
vom milden Regen
perlend angehängt,
ein Diamant,
in den sich farbensprühend
der erste jähe
Sonnenstrahl gedrängt.

Bald streift ein Windhauch
leise die Gesträuche:
Die feuchte, helle
Himmelsperle fällt
und tränkt die Erde,
die die Überfülle
des Blütensommers
schon am Herzen hält.

So labt der Himmel
immer neu die Auen,
so glänzt die Sonne
in der Tropfen Reine
und gibt dem Keim Gestalt,
gibt Form und Leben –
und trägt durch Licht und Schatten
auch das deine.

Lockvöglein

Buntgefiedert
flog ein Vöglein
an den Fensterbord
und sang.

Sang so silberhell
und leise schmeichelnd
eine fremde Weise,
die mir tief zu Herzen drang.

Als es ging,
was war geschehen?
Vöglein, das mich hold erschreckt,
hat mein Wünschen aufgeweckt.

Wird es einmal wiederkommen
und sein Jubellied mir schenken?
Wird sein Lockruf mir dann frommen?
Immer muss ich seiner denken …

Hoffen

Hoffen, das liebliche Warten,
ist wie die Rose im Garten,
ist wie ein Stern im Gemüt.

Wachsend an schattigen Wegen,
will ich verschwiegen sie hegen,
vielleicht, vielleicht dass sie blüht ...

Des Alten Antwort

Was von mir bleibt,
wenn ich den Plan verlassen?
Es wird die Spur im Sand
der Wind verwehn.
Allein, was ich geliebt,
wird Wurzel fassen
und darf in Geisteslanden
fortbestehn.

Was ich mir wünschte?
Keimendes zu pflegen,
das rechten Menschheitszielen
dienen kann.
Ich wollte jeden Freund
im Herzen hegen,
ihn treu begleitend
auf dem Weg bergan.

Sommermittag

Um die Buddleia
tanzen die Falter,
nippen vom Nektar,
sonnen die Flügel.

Sommer, wie Goldstaub,
liegt auf den Dingen,
müdet die Blumen,
die Büsche und Bäume,

dämpft meiner Seele
sinnende Klarheit,
hebt sie in rosen-
durchduftete Träume ...

Wieder überblüht
in prangender Fülle
duftend der Phlox
des Sommers Wende.
Noch leuchten die Tage,
aber ihr Glanz ist gedämpft
und unbemerkt
sind die Stimmen der Vögel verstummt.
Früchte verwandeln nun
alle empfangene Sonne
magisch in Süße
und reifen schwellend
gesegneter Ernte entgegen,
ihren immer
unwandelbar gleichen
Kreislauf vollendend.
Du aber wanderst, o Menschenseele,
auf Weltenspiralen
durch Schuld und Sühne
zu ewigen Zielen,
einsam in Freiheit,
liebend ein Bruder der Vielen …

Spätes Sommerglück

Ungezählte zarte Blütchen,
Astern, himmelblau und klein,
stehen Stiel an Stiel
im warmen, hellen
Herbsttagsonnenschein.

Bien' um Biene summt im Chore,
fliegt und nascht
aus ihren Kelchen:
Spätes Sommerglück dem Auge,
süße Traummusik dem Ohre …

Anfang September

Wie Regen rauscht
im Laub der Wind.
Hell funkelt Sonne
noch im Grün.
Sie lässt, da jetzt
der Herbst beginnt,
der Beeren Fülle
rot erglüh'n
und hat, nun sie
die Tage kürzt,
die Früchte alle
wohl gewürzt.
Gesegnet ist
des Landmanns Müh'n.

Mir aber rührt
der Herbst ans Herz,
so sanft
wie Falters Flügelhauch.
Es weiß von naher
Ernte Glück
und stiller Wehmut auch.

Herbst

Nebelbänke in den Niederungen,
in den Wipfeln flammendes Verglühen.
Wälder, die in Sturm und Lichtesweben
jahrlang sich dem Leben hingegeben,
dürfen jetzt im Farbenrausch verblühen.

Und du selbst, hast du im Herbstgeschehen,
wenn des Sommers Glück
und Leid verklungen,
gleichen goldnen Überfluss errungen,
ihn zu schenken künft'gem Fortbestehen?

Selbstbetrachtung

Noch ist mein Leib die Raupe,
die sich speist
am würzig-süßen Kraut
der Erdenauen,
die Seele der Kokon,
in sich versponnen,
und erst ein Flügelwesen
ist der Geist,
dazu bestimmt,
dem freien Flug zu trauen …

Michaelizeit

Noch einmal blaut der Himmel
in den Herbsttag
und hebt mein Herz
in unbegrenzte Weiten,
indes die Erde schon
im Nebel lag
und gelbe Blätter
aus den Zweigen gleiten.

Noch einmal träuft die Sonne
ihren Segen
unendlich milde
allem Leben ein.
Du aber fühlst,
dir kommt jetzt neu entgegen
dein Ich,
das an des Sommers Brust gelegen,

um wieder wachend
bei sich selbst zu sein.

Zum Höchsten berufen

Alle sind wir im Leben
auf uns selber gestellt.
Weil wir zum Höchsten berufen,
sind wir getrennt von der Welt.

Einsam in jeglichem Schmerze,
einsam in Glück und in Lust,
werden in mühendem Ringen
wir unsrer Selbstheit bewusst.

Doch der gesonderten Seele
nur ist das Höchste geblieben:
Frei in der eigenen Brust
vermag sie zu lieben.

Ichbildung

Ich bin nur ich
im Schöpfertum,
das Stoff und Geist vermählt.

Getrennte Welten
finden sich,
der je die andre fehlt.

Es darf der Mensch
Weltmittler sein
als edelster Beruf

und fühlen, dass
bei solchem Tun
er selbst sich miterschuf.

Pflanzensein – Menschenwerden

Gedämpft ist jetzt
der Pflanze Blütestreben,
nun drängt es sie
ins Samenkorn hinein,
es mit des Daseins Dauer
zu beleben,
um einst erneut
in Schönheit da zu sein.

Stets wird ihr Wesen
nur sich selber gleichen,
unwandelbar bewahrend,
was sie ist.
Du aber kannst allein
dein Ziel erreichen
im Werdenwollen,
was du noch nicht bist.

Weiter, weiter,
ruft die Stimme
tief im Innern;
bleib nicht stehen
auf der Stufe,
die errungen.
Was bezwungen,
ist geschehen.

Ewig treibt
des Geistes Regung
höhern Ausblick
zu erwerben.
Was beharrt,
das muss ersterben,
denn das Leben
ist Bewegung.

Schleier dämpfen jetzt
des Sommers Glühen.
Vogelzüge
fliegen hoch vorbei.
Blasser sehn wir
letzte Blumen blühen.
Überm Wald verklingt
des Hähers Schrei.

Mählich senkt die Sonne
ihren Bogen,
aber heller glänzen Sterne
aus der Nacht.
Immerdar im Wechsel
abgewogen
ist des Himmels Licht
uns zugedacht.

Wetterwendischer Tag

In den Wipfeln
stürmt der Herbstwind,
lässt verdorrte Zweige ächzen,
jagt zerriss'ne Wolkenfetzen
dunkel drohend durch die Lüfte,
reißt sie jählings auseinander,
lässt ein blaues Auge leuchten,
eine blasse Sonne funkeln,
um im Nu in Wetterstürzen
neu das nasse Land
zu feuchten –
und im Innern ist,
wie draußen,
eines schwarzen Vogels
Krächzen,
ist der gleichen
Stürme Brausen …

Herbstveilchen

In des Jahres späten Wärmeschüben,
wenn schon Nebel
Halm und Laub befeuchten,
sah ich plötzlich
an des Beetes Rand,
zart, wie ausgestreut
von Kinderhand,
blasse violette Veilchen leuchten.

O, sie duften wie in Jugendtagen,
als ich jubelnd sie
am Wegrain fand.
Heute ist's,
als wollten sie mir sagen:
Lass vom nahen Herbst
dich nicht betrüben,
sieh, wie wir schon für den Frühling üben.

Tage tropfen
in das Meer der Nacht,
das die Menschenschläfer
dumpf befahren,
während ihrer Taten
Wert und Macht
sich dem Blick der Sterne
offenbaren.

Menschenseelen,
tags auf sich verwiesen,
und doch Träumer noch
und unbedacht,
dürfen schlafend sich
ins All ergießen,
bis sie einstmals
voll zu sich erwacht.

Abschied geht jetzt
durch die müden Gärten.
Langer Sommerwärme hingegeben,
drängen nun die Samen
in die Reife.

Aber bei den letzten dunkelroten
Rosen, die erblühten,
fühlst du wieder
das geheime Nahesein
der Toten.

Zu einer Biographie

Nun liegt es offen,
was die Herzen schrieben
in früher Jahre
schattendunkler Zeit,

als Liebe sie
in Kampf und Streit getrieben
im Ringen
um des Geistes Einigkeit.

Es werden Seelen
darauf Echo geben,
wo Gleiches widerklingt
aus eignem Müh'n;

dem Weisen aber
zeigt auch dieses Leben:
Es braucht die Liebe Licht,
soll sie erblühn.

Beim Blick in den Abend

Die leeren Wipfel winterlicher Buchen
wehn hin und her
im Wind,
so sanft,
als singe ihnen irgendwer
ein Lied,
wie Mütter ihrem Wiegenkind.

Könnt' er mein Herzweh
so in Schlummer wiegen,
bis es zerrinnt!
Doch ich muss immerfort
mich selbst besiegen,
muss selber Mutter sein
und Wiegenkind …

Göttlicher Geist,
du hast deiner Schöpfung Werk
ausgebreitet vor unseren Sinnen
in Schönheit,
aber seines Geheimnisses
innersten Kern
versenkt
in des Menschen
schlafenden Herzgrund,
auf dass sich ihm einmal,
stufenweise erwachend,
mit dem Geheimnis der Welt
auch das Geheimnis
eigener Ichheit
enthülle.

Nach Michaeli

Die Buche goldet noch
ins Himmelsblau,
das hochgewölbt
und seidig sie umschimmert.
Im Busch das Spinnennetz
hängt noch voll Tau,
von blasser Mittagshelle
zart durchflimmert.

Die letzten Wiesengräser
grünen feucht,
doch längst sind sie
von falbem Gold durchzogen.
Natur erstirbt
im sinkenden Geleucht.
Die Sonne wölbt
ins Dunkel ihren Bogen.

Bald wird der Frost sich
auf die Erde senken,
die mütterlich
des Sommers Samen birgt,
und dir wird sie
des Winters Wachheit schenken,
die von des Geistes Sonnenkraft
durchwirkt.

Die Erde

Lange schon, Erde,
gibst du dem Wanderer
freundliche Wohnstatt,
schenkst ihm die Farben
der Flur und des Himmels
im Glanze der Frühe
und Abendleuchten.

Innig dich fühlend
mit allen Sinnen,
spürt er den stetigen
göttlich geordneten
Strom deines Atems
in allen Dingen,
spürt deine Güte.

Du hast die Wege
dem Wandrer bereitet,
Schicksal zu finden
und Saaten zu legen
für künftige Leben:
zärtlicher immer
muss er dich lieben.

An einem Sonntagmorgen

Lautlose Stille der Stadt.
Die Schläfrigen ruhn noch.
Einzig der Vögel
zwitschernder Lockruf
schwingt durch den Äther.

Später dann Glocken
zum Kirchgang der Alten.
Aber die Seele
ist nicht mehr wie vormals
im Innern gehalten.

Von Wissen und Wünschen
zersplittert, zerspalten,
irrt der verführte
Mensch durch die Tage,
nicht willig zu stellen
die lösende Frage:
Wer bin ich?

So schwärmen die Süchtigen,
lärmen die Tüchtigen
jeder für sich.
Und immer noch atmet hinieden
ein Morgen im Sonnenschein
Sonntagsfrieden …

11. September 2001

Atemlos lauschen wir jetzt
am Herzen der Welt:
Was wird geschehn?
Wird, was wir protzig erstellt
und unzerstörbar gewähnt,
zerberstend untergehn?

Wir haben zu lange
auf brüchigem Boden gebaut,
einzig der Machtlust
süchtigen Sinnes vertraut.
Jetzt tritt der Dämon
des Hasses gezielt auf den Plan
und schaut uns aus tausend
Verstecken der Hölle
hohngrinsend an.

Aber wir trotzen
im Innern der kalten Gewalt.
Im Blick auf den himmlischen
Drachenbesieger
finden wir mählich
Helle und Halt.

Eines Künstlers gedenkend

Uns blieb in Händen,
was er aufgeschrieben,
wenn ihn im Leben
schweres Leid bedrückt,
aus dem zuletzt
der Perle Glanz geblieben.

Ihm war nicht Heimat nur
der Erde Fluren,
die wir in flacher Sinnenlust
durchwandern;
im Herzen wusste er
von einer andern.

Wir finden jetzt der Künstlerseele Spuren
in Versen, Farben, einer Melodie
und fühlen aus dem Alltag
uns erhoben
ins lichte Reich der Poesie.

Disharmonie

Lege nicht länger
Gewicht um Gewicht
auf die Schale der Waage,
die deine Seele
kränkend beschwert.
Wende dich um
nach der Seite der Sonne
und fühle ihr Wärmen
in des Gefährten
helfender Hand.

Hast dich zu weit schon
ins Dunkel begeben,
hast dein Gehör
seiner Güte verschlossen.
Findest das Gold nicht,
das, doppelt gewichtig,
spielend die Schale
zu heben vermag.

für U. Sch.

Schicksalsbegegnung

Überquellend Blüten vor der Türe,
in den Lüften
das Gesumm der Immen,
jubelnd aus den Wäldern
Vogelstimmen,
schimmernd aufgereiht
wie Perlenschnüre.

Schönheit taut herab,
die Welt zu segnen.
Alle Sinne will sie
kosten lassen –
doch mein Herz
im süßen Dir-Begegnen
ist kaum mächtig,
mehr des Glücks zu fassen …

für U. Sch.

Kaum dass dein Lieben
in mein Leben drängte,
als hättest du
von weither mich erschaut,
naht sich ein Dämon,
der in Fesseln zwängte
die Schwingen,
die dem großen Flug vertraut.

Wie soll ich lächeln,
wenn mein Herz voll Kummer
und all mein Sinnen
so voll Sorge ist.
Die Schmerzen rauben
deiner Nächte Schlummer
dir, die du mir
so innig nahe bist.

Wie soll ich fassen,
was du dir bereitet,
wie dieses Schicksals Sprache
ich verstehn!
In Tränen seh' ich,
wie die Kraft entgleitet
und Tag um Tage
grau wie Rauch verwehn.

für U. Sch.

Im Leidensübermass

O Freund, fliege auf,
überspringe dich selber!
Leihe den Zielen,
die dir das Dasein
verwehrt hat,
Flügel der Freiheit.
Lasse der Erde
Sterbliches klaglos zurück,
dass kraftvoll Unsterbliches
über dir
sieghaft erstrahle.

für U. Sch.

Föhnwind, du milder,
hauchst plötzliche Wärme
über das Schneefeld,
das eiserstarrte,
und nimmst seinen kalten
Atem mit fort.
Bald werden Wasser
die Gründe erlaben,
die du aus frostigen
Fesseln erlöst.

Föhnwind, du sanfter,
wie du möcht' ich milde
die Glieder des Freundes,
des kranken, umfächeln
mit wärmendem Hauch,
der magisch, gleich deinem,
die schmerzenden Ketten
leichthin zersprengt.

Föhnwind, du zarter
Bote des Frühlings,
lehr' mich, zu hoffen.

für U. Sch.

Einer Verstorbenen

Nun bist du, liebe Seele,
uns entschwebt
ins Reich der Geister,
wo die Sphären klingen,
die unhörbar
auch unser Wort durchschwingen,
in dessen Heilkraft
liebend du gelebt.

Früh wurde dir
des Wirkens Kraft entrissen,
die du dem Lautgeheimnis
ahnend nah.
In Schmerzensqual
ist dir der Leib zerschlissen.
Warum, frugst du,
warum dir dies geschah?

Geliebte Seele,
die wir dich entbehren
und nicht des Lebens Rätsel
schon durchschauen:
Es ist gewiss,
du wirst die Gaben mehren
und schaffensmächtig
einstmals weiterbauen
im Dienst des Geistes,
dem wir ganz vertrauen.

für U. Sch.

Oktober

Noch flammt der Waldrand,
wenn die Wolken wichen
und später Sonnenglanz
die Erde streift.
Doch in den Wipfeln
ist das Laub verblichen,
seitdem die Früchte
unbemerkt gereift.

Mir hat der Engel
schwarz ein Kreuzeszeichen
in dieser Tage
Wiederkehr gestellt.
Ich weiß, sein dunkler Schatten
wird erst weichen,
wenn sich mein Todeskreuz
ihm zugesellt.

Bis dahin will ich
in die Ackererde
auch weiterhin
des Lebens Ernte streuen
in stillem Hoffen,
dass sie keimen werde
dem Bund, wenn einst
die Götter ihn erneuen.

Welteinsamkeit

Funkelnd stehen über dir
die Sterne,
doch du siehst sie
alle einzeln reisen,
siehst sie eigenkräftig
nah und ferne
wie auf ihre eigne Mitte
weisen.

Deine Sehnsucht,
die im Herzen brennt,
der geliebten Seele
dich zu einen,
scheint des Himmels Anblick
zu verneinen,
der allein
getrennte Welten kennt.

Wiederkehrend
in bemessnen Runden
zeigen Sternengruppen
ihren Glanz:
Geistgeschwister,
die zum Bild verbunden,
doch auch sie bewahren
stets Distanz.

Auch wie sie
musst du die Welt durchwandern,
wie ein Stern,
allein auf dich gestellt,
fühlend einzig,
dass dich gleich den andern
eine Innensonne
trägt und hält.

Winterzeit

Dunkle Gewölke
über dem leeren Wald.
Bald wird es schnei'n,
schimmernde Milde
wird Lärmendes dämpfen,
samtene Stille
weich um die Dinge sein.

Welt drängt nach innen,
lässt jetzt das Ich allein.
Wachendes Sinnen
muss nun herzinnen
Halt ihm und Sonne sein.

Erlösung

Wiederum nahst du,
Muse, und hebst mich
aus Fesseln der Schwere
in dein Gefilde empor,
trägst mich zur Schwelle,
wo Helle die schlafenden
Keime entzaubert,
wo Erde dem Himmel
sich seligen Kusses vermählt.

Nicht bist du selber
irdischen Wesens,
gänzlich nicht himmlischen
Heerscharen gleich.
Einzig zu finden
bist du im klingenden,
farbig erblühenden
Zwischenbereich.

Im Advent

Bereift sind Äcker und Wiesen,
frostig der Tag.
Aber die Sonne gießt
Über die leeren
Wipfel des Winterwalds
Kupfergoldenen Glanz
und der Himmel schimmert
blau durch die Zweige.

Bald wird er blassen
und lang die Nacht sein,
voll großer Sterne.

Nicht verlassen bist du,
blumenentschmückte Erde,
denn nun ist Advent
und nahe dem Herzen ist
aller Welten
Heiland.
Seiner Liebe Rosen
ruhen in deinem Schoß
und keimen schon
künftiger Blüte entgegen.

Winter vergeh!

Januarhelle
und klirrende Kälte
über dem glitzernden Schnee.

Doch in der Erde
will Keimlust erwachen,
will Frühling sich regen.

Winter vergeh!
Sonne, komm wieder
das Leben zu hegen!

Strahle dein Goldlicht
in Knospen und Herzen,
denn alle, sie alle

drängen voll Sehnsucht
dir liebend
entgegen.

Der erste Winterling

Auf lockerer Krume
liegt golden ein Kügelein,
fühlte den Sonnenschein
hinter dem Wolkengrau,
kennt seine Zeit genau,
formt seine Blume,
Sternengesetzen treu,
ihnen zum Ruhme.

Zwischen Licht und Last

Alle fliegen wir
an einem Tage,
frei wie flügge Vögel
aus dem Nest.
Sicher, dass ein Schwingenpaar
uns trage,
halten wir allein
im Spiel der Waage
zwischen Licht und Last
in jeder Lage
schwebend uns
am Gleichgewichte fest …

Rätselvolle Muse

Was sie mir gibt,
wenn ich mein Ohr erhebe
zu ihrem Mund,
wird immerzu,
da ich im Leibe lebe,
mir nur in halbbewusstem
Träumen kund.

Ich schreib es auf,
ich schreib es wachen Sinnes,
und doch ist all mein Fühlen
nichts als Ohr.
Der Worte Ton,
ihr Farbenklang:
Ich bin es –

und bin es nicht,
der sie heraufbeschwor.

Das bin nicht ich, was du geschaut,
was jetzt dein Blick umflossen:
Es ist ein Haus, das ich gebaut,
ein Weltgeschenk, mir anvertraut,
bis ich es recht erschlossen.

Für kurze Zeit nur zog ich ein.
Das Haus wird bald verderben.
Es ist mir Herberg nur allein,
um aus des Lebens Glück und Pein
ein bessres zu erwerben.

Inhaltsverzeichnis

Werke von Erika Beltle

Gedichte

Wanderung. Mellinger Verlag, Stuttgart 1969 (vergr.)
Schaue, lausche … Mellinger Verlag, Stuttgart 1969 (vergr.)
Sich selber auf der Spur. Rudolf Geering-Verlag, Dornach 1981 (vergr.)
Stern überm Dunkel. Mellinger Verlag, Stuttgart ^{2}1984 (vergr.)
Sonnenkringel. Ogham Verlag, Stuttgart 1988 (vergr.)
Welt im Widerklang. Mellinger Verlag, Stuttgart ^{2}1991
Im Rosenschatten. R. G. Fischer Verlag, Frankfurt/Main 1991
Schwalben vom Niemandsland. Mellinger Verlag, Stuttgart 1992
Zauber der Begegnung. Ogham Verlag, Stuttgart ^{2}1993 (vergr.)
Erde vielgeliebte. Mellinger Verlag, Stuttgart 1995
Tau der Frühe. Mellinger Verlag, Stuttgart 1996
Mit dem Sonnengang. Mellinger Verlag, Stuttgart 1998
Im Windgeflüster. R.G. Fischer Verlag, Frankfurt/Main ^{3}1998

Rätsel

Pfiffikus-Rätsel. Stuttgart 1962 (vergr.)
Pfiffikus' Schelmennuss. Stuttgart ^{3}2001
Einfach rätselhaft. Stuttgart 1986 (vergr.)
Rückwärts schlüpft er aus dem Ei. Stuttgart ^{2}1993
Alle Rätsel sind erschienen im Verlag Freies Geistesleben

Kinderbücher

Pascha und seine Freunde. Verlag Urachhaus, Stuttgart 1977 (vergr.)
Meister sprecht, wär' ich euch als Helfer recht? Verlag Urachhaus, Stuttgart 1979 (vergr.)

Erzählungen

Das Wielandfenster in Heidenheim. Die Sage von Wieland dem Schmied (zusammen mit Maria Lehrs-Roeschl). Verlag der Buchhandlung Meuer, Heidenheim ca. 1964
Angus Og, unser Rotkehlchen; Erlebnisse mit einem Zaungast. Mellinger Verlag, Stuttgart ^{2}1994
Im Waffenrock eine Rose rot. R. G. Fischer Verlag, Frankfurt/Main 1989
Unter griechischer Sonne. Ogham Verlag, Stuttgart 1991

Romane

Silbermöwen. Fouqué Verlag Egelsbach, Frankfurt/Main 1997
Weil ich dich liebe, Briefroman einer Entwicklung 1940–1945. Fouqué Verlag Egelsbach, Frankfurt/Main 1998 (veröffentlicht unter dem Pseudonym Anja Kern)

Studien

Dichtkunst, was ist das? Ein Beitrag zur Ästhetik Rudolf Steiners. Verlag am Goetheanum, Dornach 1978 (vergr.)
Lyrik – entzauberte Prosa. Mellinger Verlag, Stuttgart 1993 (vergr.)
Erkenntnis und Liebe. Mellinger Verlag, Stuttgart 1994 (vergr.)
Phänomenologien, Die Zeit/Die Bewegung/Das menschliche Bewusstsein. Mellinger Verlag, Stuttgart 1994 (vergr.)
Wandlungen der Liebe. Mellinger Verlag, Stuttgart 1995 (vergr.)

Herausgeberin

Gestalt und Bewegung. Festschrift für Else Klink (vergr.)
Erinnerungen an Rudolf Steiner (zusammen mit Kurt Vierl). Verlag Freies Geistesleben, Stuttgart ^{2}2001.